月亮是一只鞋子

卷土 著

长江出版传媒 长江文艺出版社

独步苍穹

在椰树举起的南太平洋
一枚弯月
金灿灿的
像一只鞋子
独步苍穹
今夜
谁的灵魂直奔天堂

2017-12-26

序

迷人的波动

杨四平

　　无从猜测卷土的"海洋情结"因何而生，但它的确成为一台大马力的诗意发动机，在系列诗中高速运转。"南太平洋，你是……""南太平洋，你如……""南太平洋，我知道你……"诸如此类的句子不断穿插和复现，是连接，是呼唤，是命名，是精神操练，也是症候表现出的疑团。或许用看海的方式读卷土的诗会比较恰当，因为在无数次朝向海洋的过程中，他的诗歌已浸染到一种独特的海洋性气质，这在当代诗坛是相当罕见的。

　　海洋浩瀚无比，挑战着诗人的观看能力。卷土在诗中写道"我通过香蕉摇摆的叶子看你／你把高大的船只／在哪里收藏"。近大远小的透视法生效，近景是能被准确辨认出的"香蕉叶子"，远景则是无从搜寻的"船只"。卷土善于在观看时切换近景和远景，以此形成饶有层次的画面。更妙的是，"收藏"一词含有超现实意味，一旦与宝藏、探险、收藏家等联系起来，诗就会变得极具故事性。偌大的海洋，数亿年间自然发生过无数的故事，于是诗人就让海洋变成一个洞察者，"南太平洋／你的目光无限的平静／只有你知道生与死的距离"（《南太平洋之十八》）。海洋与生命密切相关，所发生的一切具备神秘感、危险感和刺激感，卷土诗歌的海洋性气质就是由它们综合而来。

对于卷土而言，"南太平洋"是拥有无限可能性的主体，因而能极为自由地参与一些经验或超验的场景。在《南太平洋之一》中，诗人写道"南太平洋／你拿出心爱的小岛／放在我的脚下"。"拿出"是一个日常性的动作，一方面使海洋如同招待客人，构建了海洋与人之间的微妙关系；另一方面，与"小岛"搭配后，"小岛"就成了某种小物件，而"南太平洋"则立刻生成一个巨大的主体形象，彰显出它的浩瀚无垠。卷土诗中的海洋具有足够的伸缩性，不仅有巨型形象，还有小型形象，"南太平洋／你安静得如同小兽／端坐在我的身旁"。事实上，海洋的"安静"并不可靠，它是暂时性的、伪装性的，正如野兽身上带有不可驯服的野性。除了整体形象，卷土还对"南太平洋"进行局部特写，关注到"眼睛""嘴""脚脖子"等部分。诗人将海洋躯体化，让活的躯体形成活的动作和神情，"南太平洋"也就转化为多种具体可感的形象，其主体性有了充分的发挥空间。

海洋的天气往往多变，晴雨可能会在骤然间转换，给人以突如其来的新奇和意外。从意象的跳转和跨度上看，卷土的诗歌或许就具备这样的天气特征。在系列诗中，"南太平洋"往往有两个固定的伴生物——船只和三角梅。其中，海洋与船只处于一种比较舒服的关系，比如说"平静地托起"，而海洋与三角梅之间的情况则较为复杂，如诗人所写"南太平洋／你和花瓣是两种状况"（《南太平洋之四》）。这种复杂情况在《南太平洋之六》中更为突出，诗中写道"南太平洋／你如一个盘子柔和地燃烧／薄如蝉翼的三角梅／体内有玉米秆体液的味道"。如果说"南太平洋"和"盘子"在承载的功能上尚有相通之处，那么让它们"柔和地燃烧"则严重挑战着读者的日常认知："盘子"怎能"燃烧"？"燃烧"怎么"柔和"？同样的，"三角梅"的"薄如蝉翼"尚可理解为视觉上的观赏价值，但随后味觉上"玉米秆体液的味道"似乎又暗示了农作物的生产价值，二者是可以兼得的吗？不可思议的诗性思维取代了日常逻辑，通过超验性体的体验，你能感觉到卷土的诗如海浪般冲刷着日常认知中的世界。

从"你"到"您"，卷土有时会悄悄改变人称代词，制造细微的语气变化，而诗歌迷人的波动也由此产生。在

《南太平洋之二十七》中，诗人写道"南太平洋啊南太平洋／我看到你奔跑而来的白色的浪花／我慢慢走入您清澈的海水"。一般而言，使用"您"是为了表示尊敬和礼貌，它意味着指代对象具有更为崇高的地位。此处，它是一个情感信号，也是一个波动预告，诗人随后写道"海带海参海星海蛇清晰地摆在上帝的面前／珊瑚温和地摆着她的整齐的坚硬的身躯"。这两句诗像一个清单，大大咧咧地罗列出不少在海洋中生活的物种。更为重要的是，卷土把它们"摆放在上帝的面前"，用海洋的奇迹对峙宗教的神迹，从而获得惊人的诗歌张力。

"南太平洋"已然成为卷土诗歌坐标系的原点，即使他收起船锚，向其他题材航行，我们依然能够读出他被海洋拓宽过的想象力。"我还想说到瓶子／就是宇宙的形状／我们始终生活在瓶颈"（《我还想说到瓶子》），"宇宙"被一个"瓶子"定形，而"瓶颈"的原义和引申义构成含混，揭示出人类的生存困境。

也正是基于这种超乎寻常的想象力，卷土能够发现更多物与物之间的隐秘关系。以《牙齿是花瓣》为例，他写道"开在／人类罪恶的嘴巴里／牙齿几乎每天／被刷新／

变得更白／白如玉兰的花瓣"。从质地上看，"牙齿"坚固，"花瓣"娇嫩，二者性质相反；但"牙齿"的白被视为身体的健康，"花瓣"的白被视为纯洁的美，二者在观赏性上存在相通之处。另外，诗人还特地将"牙齿"和"花瓣"安置在"人类罪恶的嘴巴里"。可以发现，"牙齿"和"花瓣"的并置如庞德的《在地铁车站上》，而罪恶的环境又如波德莱尔的《恶之花》，卷土对意象的处理显然继承了大师的风采。

"当牙齿的花瓣／逐步脱落／棺椁就开出／黑暗的花朵"。诗人将时间维度引入"牙齿"，"逐步脱落"也就意味着走向生命的终点。如果说"棺椁开出的花朵"是一种对生命的"黑暗的修辞"，那卷土所做的，恰恰是"描述"和"搬走"，如另一首诗中所写"被我描述过的事物如何／搬走河岸和搬走你人生道路的／所有黑暗的修辞／让沉溺的帆船开出港湾"（《给一棵芦苇之十》）。海洋面前，起航是诗人和勇敢者对生命的态度。

卷土的诗集还写到了"恪守"，写到了阳光和蚂蚁，写到了远方退却，写到了雨水淋湿炊烟的情景。"雨水淋湿炊烟的情景／让人潸然泪下"，这是卷土的村庄情结，也是他郁结的悲悯。

写到了低洼的湿地，写到了马厩和对父亲的怀念，"我梦里看到您在坟头上以紫色的野花的方式／展现的饥饿的脸庞"；写到了春天的羽毛和危墙，写到了被雨敲打的黑夜和山楂的红，"蔓延的山楂红／无声无缝"。责任和人类意识的主题时隐时现，村庄和情感接连不断。三万里不远，地铁同样呼啸着诗歌的思维，卷土的诗歌里，天空只有十九岁（《十九岁的天空》）。

《月亮是一只鞋子》，月亮走，我们也走。"我们用月亮的口音／清点灵魂的数量"（《清点灵魂的数量》）。

我们的灵魂和诗歌，迷人的波动，最终追溯、追思和追随月亮！

杨四平，上海外国语大学教授、博士生导师，出版《中国新诗理论批评史论》《跨文化的对话与想象》等14部著作，获第九届中国文联文艺评论奖、第二届"啄木鸟杯"中国文艺评论优秀作品奖和"中国十大新锐诗歌批评家"称号等。

目　录

第四辑　一条河流到一滴水里

第六辑　一只鸟的生活半径

第七辑　把流星走过的道路铺设好

代后记

第一辑　南太平洋

南太平洋之一

南太平洋
你安静得如同小兽
端坐在我的身旁
你不因为任何人
改变你的时尚
天空的乌云会把时间运到何方

我通过香蕉摇摆的叶子看你
你把高大的船只
在哪里收藏
我通过三角梅看你
是谁一家三口来到了你简朴的寓所

南太平洋
您是三角梅的故乡
她的摇摆的红色的花朵

眺望着逐渐开放的波浪

鸡蛋花并不是戴在你的耳朵上
你平静安详如同微风
悼念了写在星空的名字
和小鸟梦魇的翅膀

南太平洋
你拿出心爱的小岛
放在我的脚下
泥土是如何停留下石头的张望
没有名字的植物在鸟的叫声里
依旧生长
生长成浩渺的南太平洋

2017-08-28

南太平洋之二

南太平洋
今天我背对着你
看着全场一折的瑞士手表
读着贝克尔的燕子
燕子被玻璃遇上
就再没有回来
三角梅
花蕊里战栗的露让我从你的耳朵里
醒来

转过身来望见你
被天空拦住的南太平洋
一枚白色的帆船
前行着谁的姻缘

2017-08-29

南太平洋之三

微微的细雨筛下来
雨雾锁住了你的远方
南太平洋
你和一只猫有关
和红枕头有关
开白色花的树枝摇晃着
北京 7 点 33 分的阳光

我必须用南半球的冬天
拉直日期变更线
或者用斐济干净而温润的山来
伴奏所有的我不明真相的
鸟鸣
南太平洋啊
你透过上帝还没有完成的作品
透过我短袖之外的微凉的胳膊

你看到什么
你的波浪膝盖一样被激起

2017-08-31

南太平洋之四

上帝是谁的后花园
唾手可及的黑暗
被星星和灯火洞穿

南太平洋
我知道你想成为
高过地面的事物
谁不止一次地撕毁您的封面
红色的字和他的墨镜
在另一个空间

把山芋的叶子放在篮子里
南太平洋
你和花瓣是两种状况

2017-09-01

南太平洋之五

南太平洋啊

你是迷失的森林

把你倒过来

你其实是一场暴雨

哗哗作响

铺天盖地

鸡蛋花并不是鸡蛋开的花

椰子林嘟噜着你内心的甜

上中学的时候听说

一位老师做出一个大胆的发问

如果地球掉进太平洋里怎么办

南太平洋啊

其实真是你躬身驮着地球在运转

泰勒斯说水很重要

三角梅却是人类的笑靥

2017-09-03

南太平洋之六

树被风撕裂的时候
谁保持了地球不快不慢的速度
南太平洋
你如一个盘子柔和地燃烧
薄如蝉翼的三角梅
体内有玉米秆体液的味道

南太平洋
你把月亮扔到天上
椰子树举着她瘦弱的身影
南太平洋
你数得清一个木瓜里面的种子吗
那些皮肤黝黑的黑人兄弟
嘴里流露出洁白的慈爱
南太平洋
你这兴风作浪的小兽

流着眼泪等我的到来

2017-09-05

南太平洋之七

一个丰满的阴影在成长
光是开花而没有叶子的树
光是结果实而没有开花的枝条
黑夜里的花照样开
什么是黑夜本身的花朵

南太平洋
这些就发生在您的身边
在赤道和南回归线之间
你平静地托起白色的帆船
三角梅很客气地笑脸相迎您
岛屿和牛哪个重要

南太平洋
你是守着你的牛
还是真心地等待着我

我身体里收藏了星星的光
就是为了让你体察
黎明的味道

2017-09-06

南太平洋之八

当所有的花朵变成废墟
当鸟的叫声不再是长笛
你却有另一只猫在你的怀里
红色的枕头照亮你和牛的前程

南太平洋
这都是你的过错
还是无端的雾笼罩了你
幽闭的房子和我
发表在海底深处的诗集
我的玻璃的杯子
变成火焰
我的陶瓷的杯子
变成火焰

其实燃烧的还有

披挂上阵的摇摆的三角梅
我和你隔着一座活火山

2017-09-07

南太平洋之九

飞蛾飞的是自己的花朵吗
飞蛾扑火
是想燃烧自身的花朵吗
光和人同时站立在你的海面上
南太平洋
你在想什么呢
根在地下抓有多么地紧
鱼在月光下来到了你的沙滩

南太平洋
我看到你的上面开着盛大的花朵
被渔船划伤的睡眠
红的枕头就是心中的太阳吗
以一场雨为借口的人生
必定成为别人的梦

鸟的叫声愈加零散
如同散落的棋子

2017-09-08

南太平洋之十

一只鸟在天空做巢
天空和星光随时俯下身来
今夜
小瓜秧在异国的村庄
如何生长啊
南太平洋
你的海啸在震荡
来自墨西哥的力量
推动我无限的思念

海平线在升高
风掀动着海面的书页
文字沿着海岸线爬行
南太平洋
你脚脖子上拴着红色丝线
像夜晚的三角梅

南太平洋之十一

从天上纷纷降下来的人群
手里拿着他们的墓碑
碑文清晰
无数的灯盏在上升
南太平洋啊
我看到了我父亲的面容
飞鸟坚定地飞着自己的历程
天空这个大喇叭
罩住了您的海面
狗保持了对陌生狂叫的性格

南太平洋
一条狗迎面向你扑来
黄色的单人单桨的小船
并没有受到惊吓
黑暗垂直降落

荷花是最后的落日
再见是一种历险
一万里外的翅膀
出奇地锋利

南太平洋
荷花并不是被你惊醒
父亲
在您的坟前
小瓜秧如何以跪着的目的
匍匐前行

2017-09-12

南太平洋之十二

和远方一起生存
祈祷的歌声
飘荡在你蔚蓝的上空
西红柿滚落在木制的地板上
西红柿成长的过程
就是为了一次滚落
小瓜秧的成长是为了什么
南太平洋
无数不停息的鸟鸣围绕着你
你把孤单的帆船放在
三角梅的视野里
太阳只是一个窗口
窗口里传出的总是狗的叫声

南太平洋
你孕育的名字

白色的帆船一样
飘在太阳的窗口
空气如何把天地分开
把南太平洋和光亮的早晨分开
牛待在苇花的身旁
用没有装修的房子
和红色的枕头表达
万里之外的轻狂

2017-09-13

南太平洋之十三

南太平洋
我把清香的茉莉
通过蓝色的瓷器的圆口的杯子柔和的嘴唇
献给你
你的清晨显示了瓷性的坚强和淡灰色的蓝
茉莉花茶
你这杯装的黄昏
被我放在你清晨的海岸

南太平洋
你举着轻而易举的白色的鹅毛的笔
在不停地书写开白花而长出黑色果实的树木
指甲大小的蝴蝶没有树叶大小的鸟的速度
《周易》里的那些爻辞
摆出了你女儿即将出嫁的房子

2017-09-14

南太平洋之十五

星火闪动
烫伤是不同程度的
炊烟任性时温柔地爬向天空
南太平洋
我知道你思念所有的陌生人
只有白色的帆船
为你预留了所有的白天
一树白花变成一树黑色恶果实
一个画家为什么画下自画像
三角梅不会
她只会举着灿烂的自身
忽略池塘里的自己的花瓣

2017-09-15

南太平洋之十六

南太平洋
你是一只猫
小心翼翼地把你自己的高远的清晨
和你的尾巴
送到山间和
小瓜秧的
叶子底下
或空气
撇下我
摇着尾巴
一块石头抱紧另一块石头取暖
南太平洋
你甩起长长的衣襟
你伸手抱住什么
什么就成为浪花

两只鸟反复啄食着一片白色的塑料纸
然后放弃
你却在大海深处的牛棚里
装修着自己的房子
因为你的挑逗的话语
火山随时爆发

2017-09-16

南太平洋之十七

祈祷的钟声
村庄的不明真相的哭声
再追逐隐去的诉说的星星
南太平洋
你给没有出生的孩子
写下了蓝色的名字
谁曾经是我的死亡
石头里面的黑暗被谁喊回家中
死亡是种子
不再开花
南太平洋啊
我在北方放置一场雪来款待你
你会不会变成睡眼蒙眬的鸟鸣

2017-09-17

南太平洋之十八

石头穿上正装
鸟开始说话
三角梅摇曳自己的部分身躯
南太平洋
你的目光无限的平静
只有你知道生与死的距离
南太平洋
没有人知道你的姿势
是平躺还是站立
我想起了《诗经》
这闪烁的太阳
平均的发着向日葵的不着色彩的光芒

2017-09-18

南太平洋之十九

打开天空
收集鸟飞过的痕迹
南太平洋
一个下午你都和我在一起
帆船划伤你的苍茫和无际
像鸟划伤天空
南太平洋
太阳和苹果同时落下
上帝抽回的那根枝条
抽响了谁心中的陀螺

你用别人用旧了的夜晚
摇晃星星的灯盏
鸟因为会说人话而被
关进笼子里
三角梅

你被关在院子里是为啥

2017-09-19

南太平洋之二十

待在虚拟的荷叶上的
滚动的水珠清冷
荷叶不再管它
因为荷叶本身就不存在
燃烧枯草的烟早已散去

南太平洋
你的水体直奔到我的面前
我把诗歌放在一个长方形的
框框里养着
像喂那些钓鱼的蚯蚓
枝繁叶茂的榕树
像一个枝繁叶茂的故乡的村庄
一转眼一池水放完了
黑夜随即潜入

南太平洋
我之前看到直升机在你的表面起降
那个颤抖的平台还没有游到岸边
小瓜秧的沉默
像一个打错了的汉字
表达了另外一层的意思

2017-09-22

南太平洋之二十一

雨落在海面上开着短暂的花
夕阳在云朵中说了什么
珊瑚和更多的海生物的尸体
细碎形状怪异
海鱼的梦想清澈只有清澈
晴天时太阳洒下的金子
并没有沉入海底
被海水反复拥抱的岛屿抱紧自己
南太平洋
我看到了你退潮的模样
沿海的更多的石头站出来
一身湿漉漉的样子就是真实的表达
夜的侵占和撤退都是来不及思考的
无法顾及一朵鲜艳的不知名的花
沙滩上风的足迹依然清晰

2017-09-24

南太平洋之二十二

我说的白

是白鹤起飞后

翅膀扇动的白

我所说的蓝

是南太平洋

不同层次的

表现不同深度声响的蓝

我所说的黑

是墨镜片里

沉淀的黑夜的尖叫

我所说的伤

是打靶场

靶心并无战争前兆的轰鸣

把手伸给太平洋的白帆

她送给了我舌尖的咸

2017-09-28

南太平洋之二十三

黎明
指的是光芒
不起早的人只能从书上阅读
黎民指百姓
黎字在《尔雅》里是从众
本义是黑色
百姓为什么是黑色
百姓没有光明吗
攥紧拳头手心肯定积淀黑暗
南太平洋
你在北京时间 7 点 37 分时
已经光芒四射
在你的体内养着好丑的海参
它是黑色的
它是海里的黑夜幻化而成
风吹散茫然的炊烟

三角梅摇晃不定
鸟鸣急促
我盯着一只受伤的蝴蝶
从黎明到中午
转眼它不知去向
百姓和庄稼在我的记忆里行色匆匆

2017-10-02

南太平洋之二十五

南太平洋啊
在上帝的手里
你不过是一枚琥珀
五千万年前的松柏
奔跑不息
维拉港
像你一样闪亮

2017-10-02

南太平洋之二十七

一个黄昏可以和另外一个黄昏手牵手吗
南太平洋你拥有的黄昏被我折叠起来
放在一个已经不再租住的房间里
和我的诗集里的梨花在一起
一张纸条中间的被红色地画一条杠
就是我折叠的黄昏
南太平洋啊南太平洋
我看到你奔跑而来的白色的浪花
我慢慢走入您清澈的海水
海带海参海星海蛇清晰地摆在上帝的面前
珊瑚温和地摆着她的整齐的坚硬的身躯
这些美好的生物何时在这无际的蓝色里降临
南太平洋
你所有的声音奔向我一棵瓜秧却离我而去

2017-10-03

南太平洋之二十八

当黑夜喜欢上了黑夜
南太平洋
你突然醒来成为犬吠的声音
当下午排斥下午
南太平洋
你把身体放入了我的身体
潮水的推理被金沙滩照耀
把一个金发的孩子
葫芦一样地放在海里
海水内部涌动出快步的浪花
平铺在几只小猫身下的红布
肯定是黑夜的产物

2017-10-16

南太平洋之三十

南太平洋
你轻而易举就喝下了一杯瓦国的椰子
你的肩头插着鹅毛的笔
我想站在你的肩头
整理散乱的阳光
就像整理我们村庄的栅栏
栅栏上有牵牛花和花椒树
花椒的针扎伤了几多黎明
花椒花开在我朋友的诗歌里

南太平洋
你很大很大很大
你有黑夜大吗
每天你在我面前散步
一来一回只有七千步
你每天扯下一亿平方公里的黑夜

掩护我整理一亿平方公里的阳光
南太平洋
红色枕头和她的小猫咪
比你广阔的肩头更温柔体贴

2017-10-23

南太平洋之三十一

是谁弄醉了夕阳
是谁把浩渺的南太平洋搂入怀里
新叶跟新月同时生长
月满水满月亏水亏

南太平洋
你目光所及的黑点
是人是鸟是岛屿
岛屿鸟和黑皮肤的兄弟同时起飞
三角梅随风飘零如祈祷的歌声
我喜欢香蕉树宽大的叶子和它的呼吸
鸡蛋花落在地上
被瓦努阿图人斐济妇女捡起来
戴在耳朵上
黄色的蝴蝶扇动着它的院子般的想象
睁开的眼睛和紧闭的花

英文的祈祷的歌声比鸟的叫声还要真诚

2017-10-29

南太平洋之三十二

从寓言里逃出来的南太平洋
你执着于自己的生活
你因憋屈而割脉
于是坦纳岛喷发了千百年来
不息的活火山

南太平洋我爱你爱过的雨季
你播种的庄稼和为你开放的花朵
天然的椰子被从容打开
椰子的汁液和乳白的肉
披挂的三角梅摇动的鸟的翅膀
鸟的叫声弄湿了谁心中的雨滴

2017-11-04

南太平洋之三十三

黄昏降落下来
从乞力马扎罗山巅
直奔南太平洋
火山在手机里啪啪作响
你手里握着的依然是
一滴鸟鸣
而我一手阅读
《堂吉诃德》
一手阅读
《老人与海》
牧羊人收集了悲催的
爱情故事
穿着婚纱手里握着一把刀的
西班牙姑娘
捍卫着自己的爱情
牧羊人的善良如同黄昏

老人把大马林鱼的血筛在海里
那里是七十年前的古巴
鲨鱼和老人谁对谁错
大马林鱼的骨架被抛到垃圾堆
我看到黄昏降落下来
从乞力马扎罗山
降落下来
啪啪作响
覆盖了你留在海面的脚印
桑丘只记得主人给他许下的岛屿

2017-11-21

南太平洋之三十五

一瓶啤酒和南太平洋比大
南太平洋退却了
一瓶啤酒使天空坍塌
一瓶啤酒用一首小诗
燃起篝火
一个玻璃瓶装有细微的沙子
一截蜡烛站在里面
烛光把煞白的黄昏点燃
祈祷的钟声灯笼一般
挂在圣诞树上
七瓶啤酒
跟一场婚礼比大
啤酒大过了所有的喜庆
今夜所有的时间都被用来
正在进行的背叛
南太平洋把无限的冷

文字一样发散

2017-12-05

南太平洋之三十七

跨过一池清水

去看飘出草木的烟的地方

草木的烟的颜色和天上的白云的颜色

几乎相同

白云相对稳定

草木的烟翻滚上升

黑人马克在聚集这些草木

草长高了也会影响环境

草的上半身

被马克斩下来晾晒

所以才有了眼前的浓烟滚滚

三角梅的枝条也被他砍下来

没有晒干就放进了火里

树上的三角梅依然怒放着摆动着

黑人马克没有吃早饭

他一直干到中午

卫生打扫得细致全面
他点燃的草木的烟熏着南太平洋的眼
马克没有吃早饭
而他的从早上一直干下来的工钱
够不够一顿中午的饱饭
空气骨折的声音和火的啪啪声
被谁反复地梦见
一棵树就是一个村庄
烟熏火燎的南太平洋色彩斑斓

2017-12-09

南太平洋之三十八

有时候你收藏了太多的星星

有时候你被群星引领

南太平洋

在鸟的翅膀旋即停在房檐的时候

木屋里的犬吠戛然而止

不同颜色的鸟鸣

在你面前晃动

整个花园歌唱起来

整个太平洋平静如初

当中午喜欢上了中午

我用塑料的管子

把天空重新冲洗一遍

我不知道一朵火焰

如何沦落为夜晚

躺在我身边的草不停地躲闪

诗歌像玻璃一样

把我撞在了门外
一只蜥蜴在海岸徘徊

2017-12-16

南太平洋之三十九

我每天陶醉地看着你
知道你在眼前又在远方
遥远而没有消失
直到你变成垂落的星光
一片云下一片云的雨
另一片云还没有到来
中间隔着的柔和的蔚蓝和鲜艳
悄然沉入我的心底
就像被中国古人收入诗歌里
被朗诵出来的杜鹃
我还在体会远方
并不消失的你
几十条鱼同时向一个方向跃起
离开海面划出弧线
再接着三到五次地跃出水面
南太平洋啊

我亲眼看到了你琵琶一样弹奏着
你收藏很久的生物
我眼睁睁地看着你院落一样
开着不守承诺的花朵

2017-12-20

南太平洋之四十

在椰树举起的南太平洋
一枚弯月
金灿灿的
像一只鞋子
独步苍穹
今夜
谁的灵魂直奔天堂

2017-12-26

南太平洋之四十一

和自己坐了一个下午
和自己待了那么多年
芭蕉树摆动着绿色的经幡
眼前的太平洋
我看着你
一抬眼就是五个月
向日葵的内心始终不得舒展
一瓶红酒如何地酿造
昨天通过一艘帆船
我看到了夕阳自沉的全过程

2017-12-26

南太平洋之四十二

我今天被一个词闪了一下
这个词就是边刃
我理解为刀具或者事物锋利的部分
你可以看出哪一朵花是快乐的吗
花的边有刃吗
一场婚礼和一场葬礼的关系
对于另外一个人
也许爱情随机被埋葬
风通过花香和鸟鸣
用整个院落的力量吹响涌动的海平线
海岸线和海平线的边边刃光闪亮
我的舌根剩下一丁点的普洱茶
在天空的波涛声中
拖着光须的星系
有更多的孤独的徘徊者
人类拿着边刃这个词

划开想象之外的生活

2017-12-29

南太平洋之四十三

海以一月的方式存活着
南半球的一月
鸟鸣迭起
这种鸟鸣迭起的现象
让我想起犹太人胡塞尔的哲学
海在我的背后
海拉着我的手向深处走去
海带着光芒
麦穗一样给人无限的期待

记不清海有多少次退潮
鸟鸣的节奏顺理成章
你算着留下的一个完整的周末
一月是怎么样的方式啊
在中国广大的北方
无数的雪花被诗人再一次地清点

南太平洋
你在以一月的方式
给你的女儿命下带有汽车笛声的名字
是谁以植物的叶片弹奏的方式
收留了所有从天空开始流浪的雨滴

2018-01-13

南太平洋之四十四

雨的声音是啪啪啪的
世界的声音也是如此
雨被不同的物体敲打
发出相同的声音
雨打在海上
每一个雨点画一个圆
或者开一朵
稍纵即逝的花

2018-01-19

南太平洋之四十六

我决定了
一个人去探视原始部落
坐小型的飞机去一个岛屿
路上遇到一个华人
她几乎失去了汉语的能力
一转眼她就消失在空气里
但汉语永远不会消失
就像太平洋和它的目的地

2018-01-22

南太平洋之四十九

然后我去看火山
火山想不想看我
我不知道
我知道它一直憋气
火山其实是洼下去的地壳
山的形状其实只是它的烟雾和火苗
送我去的车就坐了三个人
一对年轻的男女
好像是恋人
又好像是仇人
男的是美国人
女的是日本人
我花了一百瓦图买了一把花生
连同花生的秧子
挂着泥土的那种
我把手递过去

他们摘了几颗吃了

花生好像不乐意

接近火山的路上

天空越来越迷茫灰黑

火山灰的堆积

越来越高

照片上的脸

也变成灰色了

被火山看之前

有一个集中

一片树林被锯了

直接留下一个个木凳子

我们每个人屁股底下

坐着一棵树

树被人类剥削是不可避免的

每一个国家排在最前面的人拿着一个牌子

上面用英文写着所属国家的名字
其他人跟在后面
大约有一百多人集中在那里
屁股底下坐着一百多棵树
我们一车去的三个人
都是一个人举着写有自己国家名字的牌子
此刻
我代表中国
南太平洋啊
你想说什么

2018-01-26

南太平洋之五十

你想表达什么
我拿活的火山跟你说
你还说不说

你想说什么
我把火山的怒吼放在群山的面前
烟花和桃花同时跳动战栗的惊艳

你想说什么
我拿火山喷出的远古的鲜血跟你说

你还想说什么
我拿火山喷发时
夹杂的雷声雨声
呼啸声堤坝决堤的水声
枪声炮声

来跟你说

你还说不说
石头和鲜血迸发出来
自然是一个真正的战场
天空一个太阳
地上一个太阳
近在咫尺的浩渺的太平洋
你为什么还没有燃烧

你还想说什么
我拿 100 万只困兽
同时发出的怒吼跟你说
火山的言语烟灰一样堆积
改变植物的颜色
火山翻滚着泥土一样颜色的烟雾

在太阳下山后尽显神威
是谁的力量撬动了地核
是谁点燃了这呼啸的不灭的神灵
是谁敢面对火山叱咤风云的表情
风雨孤独跟火山有关系吗
你还想说什么

2018-01-26

第二辑　清点灵魂的数量

恪守

无数的叶子
弓着腰
守护着自己的影子

在枝丫间成长
舒展
影子像虫子一样

吃掉叶子
大海是叶子的背影
人类的血液

在夏天的脚趾间
渗出
开出花朵
直到秋天

影子和每一片
恪守的叶子
纷纷共同飘落

2009-06-07

阳光和蚂蚁

阳光和蚂蚁一样爬行
阳光细小到一群
蚂蚁密集到一堆

阳光被树叶
扇动
蚂蚁被食蚁兽
吞食
千里之堤
溃于蚁巢
水的截面

露出蚂蚁啃过的骨头
阳光被黑夜咽下
阳光的巢穴
是村外被磨刀石

磨旧的
日头

2009-06-10

清点灵魂的数量

我们用月亮的口音
清点灵魂的数量
把风的颜色涂抹在
树木风寒的胳膊上
鸟用一只翅膀
拍打另一只翅膀
延宕的山群
比波浪稳固而坚强

2009-06-13

一座山

一座山
闭上了眼睛
她的眼毛
被谁梳理
她的眼睛
被谁的双唇保护
花草的凋零是
自杀还是他杀
一座山和风声
再次闭上了眼睛

2009-06-15

鸟巢

鸟巢是一个碗
雨水像剑
穿过了它的底
小鸟的嘴
在鸟巢边
绽开了鹅黄的花朵

成群的鸟
给天空打了
大小不一的
补丁

2009-06-19

也写桑椹

月亮如何
由青变红
由红变紫
由紫变黑
不同颜色的月亮
被树枝穿插挂起
风擦拭了谁的
胭痕
在不同颜色的追问里
写下鸟嘴里
酸涩的预言

2009-06-21

手心

大地的眼睛在哪里
在我的手心
我举起我的右手
照亮世界
我愤怒的时候
攥紧拳头
世界变成了没有
拐杖的盲人
被岁月捏碎的
青花瓷片
摆放在池塘里
荷花的两边
荷塘流动而婉转

2009-06-28

牙齿是花瓣

开在
人类罪恶的嘴巴里
牙齿几乎每天
被刷新
变得更白
白如玉兰的花瓣
露着牙齿
是人类的笑脸
那是人类咀嚼了
各种奔跑的
飞翔的
游动的
动物之后
咀嚼了
开花的
深埋

或者枯死的

植物以及人类自身之后

才使

牙齿的花朵

开满嘴唇

当牙齿的花瓣

逐步脱落

棺椁就开出

黑暗的花朵

2009-07-11

闪电的孩子

闪电是一根绳子
弯曲着自己的亮光
捆来矿石
村庄的上空的熔炉
溶液奔涌
黄金在天
田垄
随风飘荡的草野
富裕而且亮堂
闪电的绳子
在天空飘荡
光的帘子
垂挂
天空这口锅
将人类
收养

跑在诗人管一前面的
南瓜花
是闪电的孩子

2009-07-24

在镜中行走

在镜中行走
手里拿着自己的天空
铜锈涂满秋天的指纹
从土里挖出来的月亮
持在手中
照亮盲人眼睛里的黎明
在镜中行走
满身的玻璃
鸟在天空的时候
有时也用脚
鸟的指甲曾经划破
我满身的玻璃

2009-07-31

埋藏自己的声音

土拨鼠埋藏自己的声音

在土里如何行走

瓢虫

沿着叶脉

爬到了柔软的悬崖的边缘

开始生育出

弧形的季节

河流低着头

流淌在诗人的血管

头发卷曲的大海

不是母乳喂养

被漏斗漏过的思想

干净得如同

父亲待过的病房

2009-08-05

秋天是谁的心病

秋天是谁的心病
是谁按着心口的焦虑
是谁头发脱落仍然
被搀扶的爱情
落叶是移动的病区
血液滴入漂泊的叶脉
流水成了被污染的神经

秋天是谁的心病
忧郁的歌声
抚摸被雷击打过的树干
所有的树叶
变成手指
抚摸土地
所有的土地等待着
擦亮时间的薄冰

秋天是谁的心病
天空瓶子一样灌满酒
重病看护室门前是
难以辨认的英文缩写
就像海凹下去的部分
棉花球一样沾满血迹

2009-08-14

紧攥着天空的蓝

海水淹没海水
浪花追逐浪花
植物原地不动
根须抚平大地的伤口
破碎的露水
整合前世的黎明
芦苇守着秋水的疆域
和草根里的甜
人类的手心
紧攥着天空的蓝

2009-09-18

抬起头来

鸟群用翅膀抬高低矮的天空
乡间的路
蛇
一样抬起头来
嘴里的须
长出大片的庄稼
向日葵沿着
大理石镶嵌的秋天
低下自己的头颅

2009-09-19

我必须再次写到蝴蝶

我必须再次写到蝴蝶
那些直接飞入春天内心的精灵
风的手指如何拨动和抚摸
她们的翅膀
使诗歌里的词语安静安详安顺
带有弧线和斑点的词语
拨动开满丁香花的树枝
我必须写到春天瘦削的脸庞和
柔顺的长发
我必须写到鲜嫩的绿叶
把秋天的高远拉下来
像慈爱的窗帘
和剪影剪掉的那部分思念

2009-09-23

肩膀以上的空间

肩膀以上的空间
被头颅占领
低下头颅的时候
肩膀以上的空间
被风一掠而过
风中落下的种子
在肩膀上长出庄稼
庄稼收割的时候
磨快的镰刀
割破了我乡亲的
手指

2009-09-28

蜘蛛的抚摸

蜘蛛的抚摸以线的方式
那么
抚摸是一种丈量
抚摸是一种分割
抚摸是一种蓄意
两棵相距五米的树
蜘蛛的线如何在空中连接
那么
抚摸是一种
不可思议的跨越
挂在两棵树之间的
被抚摸过的天空
便成了摇摇欲坠的网
池塘的清水洗过的月光
被蜘蛛抚摸和晾晒

2009-10-01

关于路的断想

路像蚯蚓一样
伸着头前进
蚯蚓被剁成小段
穿在鱼钩上
鱼没有走过路
却吞下这
包含泥土和陷阱的
一小段路途
狼烟是向上的路途
在古代的垛口上升
大漠孤烟
原来是一小段狼粪
一小段通往
古战场的路途
狼烟四起
怀念狼

道路止于狼声匿迹的
远方

2009-10-05

第三辑　雪花握过我的手

我必须写到泥土的根须

我必须写到泥土的根须
泥土的枝干和它的叶脉
泥土细碎的根潮湿蕴泽
泥土的枝干挂满了村落
泥土的叶脉随河流漂泊

2009-10-09

写在燕子的生日

水是如何结冰的
水聚拢自己
慢慢变化
慢慢持重
直到有厚度的凉
波光潋滟的池塘
被拉直
放平
这如同
我和你的关系
假设我现在是走在
冰面上
冰以下是你的生日
冰以上是我的脚步

2009-10-23

尖叫

飞翔的芦苇
停下翅膀
落日只是一声
尖叫
一个诗人
同时走在
一条河的两岸

2009-10-28

杏子黄

记得我童年的乡村
杏树布满泥土堆成
老房子周围
菜地的栅栏
收留我童年的夜晚
我亲手移栽的小杏树
开出爱情一样的粉红花朵
杏树包围了春天的风
杏树的花开了
春意闹醒了绿色的芽叶
我爬在歪斜的枝干上
青青的杏儿歪着脑袋
春雨纷纷跳下
雨的花朵扑面下来
麦子黄了杏子黄了
杏子也纷纷跳下来

在沙土地上
砸个小小的窝
一想到就流口水的青杏
吃多了就流鼻血的青杏
待在自己的窝里
我却离开了故乡
离开了村庄
不在现场
杏仁抱紧它的苦
我六十八岁的母亲说
她的女同学
两个挨饿的男孩子
那年代吃多了杏仁
中毒夭亡

2009-10-30

雪花握过我的手

雪花握过我的手
我感受过雪花的凉和潮湿
雪花是磨破月亮的碎屑
雪花牵着雪花的手
雪花牵着我的手
雪花的暗影
挂满天空
但此时
雪花还在遥远的那一边
雪花正在用自己的白
试图擦去细细的地平线
今晨燕山已经变白
而我的两手空空
没有了雪花的小手

2009-11-03

我还想说到瓶子

我还想说到瓶子
就是宇宙的形状
我们始终生活在瓶颈
上面不远就是别的视野
宇宙的透明
其实是明显的
伪装
那坚硬的墙壁
装满啤酒的液体
泡沫在宇宙的出口

2009-11-08

远方退却

远方退却
雪花点着灯笼
追赶
我跟在雪花的后面
我后面是什么
是跟上来的远方
海正在向天空
攀爬

2009-11-15

天空的肚皮

天空其实很低
让树木
草
人类
随时都可以抚摸到
她的肚皮
但只有诗人
可以体会到她的
弹性
诗人的手在
移动
草木却知道
天空的痒

2009-11-23

和我的窗户一起开放

木棉花好像是蜡制的
所以你看不出她的设防
冬天就被诗歌点燃
木棉花曾经开在我的窗前
和我的窗户一起开放

被枝头拉住的蝴蝶
花期很长
跨越冬春两季
和所有的花相比
她的赤裸和热情
更加明显

红色不是诡计的颜色
木棉花掉在地上时
像冻僵而死去的鸟

诗人看到
布布的诗歌里
春雨连绵
灯笼一样的木棉
是谁的叹息

夕阳的余烬随风飘散
木棉花
是谁的手指
拨动了诗人心中的思念
和被雨淋湿的天空
以及被风吹瘦的词语

2009-11-26

升降

鸟用翅膀抬高天空
只是一小块天空
的升降
天空是多么温柔
轻盈
大海也因此升降
伴随着鱼的翅膀
升降
天空和大海
只是被你撕碎的两片
花瓣
其实你也可以撕成三瓣
或者更多瓣
那时鸟会更累
鱼却更加自由

2009-12-08

你眼睛何时长成树

果子变成眼睛
满树的眼睛
躲在树叶背后的
和阳光一起变色的
掉在地上的
眼睛
你终于明白
树是怎么样看待世界的了
掉在地上的眼睛
如何长成新的树
不可思议的是
如果有人问你
你眼睛何时长成树
你会不会惊讶

2009-12-12

同时倒下

一棵树被砍倒了
原先和树在一起的空间
同时倒下

树的气息和生命
随风而去

乌鸦的叫声
加粗了我的字体

2009-12-17

雨水淋湿炊烟的情景

雪
只是经过炊烟
它们各行其是

雨
却淋湿炊烟
雨水淋湿炊烟的情景
让人潸然泪下
炊烟的那分干燥
片刻消失殆尽

2009-12-20

暮色是件大事

暮色如何降落
如何抓住一座城市
一个村庄
和一个人的内心
抓住绵软的冬天的枯草
和
硬朗的冰面
抓住一场酒
和一个小小的误会
暮色其实就是件大事
相比之下
深夜是件小事
黎明更小

2010-01-14

爱情因此结痂

一棵树
把一个人的名字
长成伤疤
把两个人的名字
长成伤疤

树是手握这些伤疤
长大的
爱情因此结痂
树是河流的开端
树的目光里
两位耄耋的人
已经悄然离去
雪继续落在水面上

2010-01-20

鸟的声音落到哪里

鸟的声音降落
落到哪里
鸟用它的声音孵化
新的鸟
树叶的声音降落
落到哪里
树叶用它的声音
呵护新叶似的

春天
春雪在空中蒸发
春雪的声音降落
落到哪里
在人类的眼睛里

闪光

夜色牵着声音的脖子
降落
群居在诗歌的掌心

2010-03-07

花朵的重量

花朵顶着整个春天
整个春天的露水
冒着炊烟
把鼻子靠近梨花的蕊
跨过花瓣的栅栏
时间变成了蜜蜂的斑纹和血统
蝴蝶抵达还没有诞生的名字
花朵顶着整个爱情
花朵在枝头
小心地碎裂
破碎如细腻的指甲

2010-04-13

一根麦秸和天空各自的孤独

如何把烦躁的内心
退回到诗歌
就像蜗牛把柔软的肉身
退回到壳
如何把豆蔻的孩子
带回到河流
就像把白色的花瓣
带回到雪
桨声灯影
灯影桨声
六月
我将看到一根麦秸
和天空各自的孤独

2010-04-19

鞋子里的路

鞋子里的路
只有麻雀和落叶之间的距离
水落石出的时候
路止于水
鞋子的船
落叶的船
麻雀的船
降下落日的帆
月亮则在水中长出嫩嫩的苗

2010-04-25

大地开始赏赐

大地开始赏赐
分配阳光和河流的方向
分配花朵的嘴唇
在不同的季节亲吻你的名字和爱情
在大地的掌心行走着
雨的落叶
潮湿人类的灵魂
五月的大地
开始发放麦子的清香
发放暮色和宁静的夜晚
发放矿石和愤怒的火山
在大地的指纹里
树立界碑
梳理羽毛
梳理母亲的影子和弧度

2010-05-13

把花的名字拿走

把花的名字拿走
花依旧开放
一茬一茬地开
把人的名字拿走
把骨灰铺放在棺材里
白色的骨灰的颗粒
我给它花的名字
让它在阴间开放
一茬一茬地开
白色的花朵
像大海反复地摇摆着自己的旗子
但始终没有能够迎风飘展

2010-06-05

水开始弓着腰在海上行走

每一朵花都是一盏灯
每一朵花朵熄灭的时候
水开始弓着腰在海上行走

2010-07-01

湿了脚的芦苇

在水边行走
水里的自我
只是半条鱼
湿了脚的芦苇
也只有半条命
童年的时候
我记得
秋天
它的一半在房梁上
另一半
则埋在水边的湿地
一条河的芦苇
都是我埋下的月光
发的芽叶

2010-07-04

鸟挂在翅膀上的影子

鸟在天空的
阳光里飞翔
鸟的影子
挂在翅膀上

诗人在大地上行走
黑色的小褂
挂在门外的栅栏上

枯树枝的栅栏
涂抹了
青苔的痕迹

诗人的母亲
晾晒的这块
亲手缝补的黑夜

是鸟挂在翅膀上的影子
的跌落

2010-07-27

想到秋天了

想到秋天
只想到一片叶子
一叶知秋的那片叶子
她砸下来在你的额上
你额上的凉
叶子上的凉
溶化在一起的凉
然后你走在叶子上
叶子是无法承载你旱地的舟
舟的破碎在你脚下
云却运转在你的头顶
你如何拥抱一只
飞翔的蝴蝶

2010-07-28

歧路亡羊

羊其实在岔路口
站了很久
路比羊站得更久

2010-07-30

关了自己

关了自己
像关了一盏灯
啪嗒
所有的光退回来
但按下开关的未必是你自己
关了自己
像停下一辆车
造成了追尾
踩刹车的
却是自己的脚
没有方向的流水
撤退的样子
惨得像爱情

2010-07-31

寂寞开出真实的花朵

太多的雨季
淋湿你的发丝能有多少滴
太多的远方
掩埋在土里
寂寞开出真实的花朵
一堵土墙的两面
墙根下
野草用冰凉的外衣
抱紧各自的种子
人类
用月光洗白自己的头发
不要再提及
蚂蚁的卑微

2010-09-29

第四辑　一条河流到一滴水里

低洼的湿地

大风带着怎么样的行李
需要这么大的动静
大风这次要真的回家了
她带上了所有

你不看到大风的行李
你怎么可以理解雷的沉默
天空移动着风的影子
落叶鸟一样把自己抛给
低洼的湿地

2010-10-06

天空卑微的部分

玫瑰迟疑了一下
变成了少女的唇
落叶迟疑了一下
被生锈的蛛网接住了

季节在你的额头抚摸了一下
季节是在分发土地的信心
爱情如实地复制自己
每一个迟疑的眼神
都盯着墨盒的存量

花朵的开放就是燃烧的灰烬
天空卑微的部分
同时燃烧
从风里逃出来的忧郁
犹豫

和胆怯
左顾右盼

2010-10-11

一滴水的力量有多大

一滴水的力量有多大
她从空中弹掉下来
在平静的黄昏
推开周围的水
扩大着扩大着
逐渐无力的圆如同
伸手可及的夕阳的甜

微风的底色
摇摆着静静开放的蓝
等待的长椅
摆出七夕的姿态
一滴水的力量
使得整个黑夜震荡
黑夜只是一丛
朽木做的栅栏

被一滴水简单地推开
一滴水的垂落
是为了介绍自己
和音律里的尘香

2010-10-20

一条河流到一滴水里

一条河流到一滴水里
鱼钩明晃晃的
在水里掩饰成几乎水草
鱼和鱼钩变换着距离
世界上最痛的是鱼嘴
最卑贱的是人类

受伤的河流是一个很俗的句子
河水的落差也是一种断裂
不要向鱼提及什么新的黎明
生命只是一个隐喻
风只推动水的表面
弓着身子行走的风却
不显露谦卑
天空拧转腰身的细节
鲜为人知

桃花的汛期
被两岸夹紧

2010-11-11

遭遇

山芋的绿色叶子遭遇了严霜
太阳出来的时候
黑色的蝙蝠就趴满了铁犁扶起的田埂

花朵遭遇人类的手掌
掰开的花瓣
是谁心中期待终生的爱情

黄昏的屋顶
铺满道路
浅浅的月光用玻璃的手
划伤了谁的皮肤

2010-11-19

事物的内部

一朵棉花的内部
是棉花的籽
棉花的内部
是另外一块棉花田
棉花的花朵和她的美
棉花是村庄压低的云朵
黑夜竖起她的耳朵和潮湿

云朵内部的湿地
湿地内部的稀有生物
生物攥在手心的泥土
黑夜的内部黑
是蒙住村庄眼睛的那块黑布
荒原唯一的树将那块黑布晾晒
寺庙里毫不犹豫的钟声
被木鱼喊住的名字

开出和棉花同样的白

马车压碎了月光的银两
月光内部的白
棉花内部的软
银两内部的黑夜
模仿小草成长的人类
小草内部的春天
随风倒伏

2010-11-24

虚弱的部分

木头的桌子
凳子
椅子
床虚弱的部分
塌陷
岁月磨光的地方
仍然发着亮光
铁青的冬天和梨树的
枝条
从朽木虚弱的地方
探出来
九十岁老人床底下
被偷走的羔羊
留下的石臼一样
发冷的村庄
和木头家具

塌陷的虚弱

煤油灯熏黑的

糊墙的旧报纸

草棚铁锅下

燃烧后

冰凉的草木的灰烬

埋在地下的山药的根

星星布满土墙的老屋的顶

茅草飘起真实的假象

我忠实的村庄

虚弱的部分

轻轻如我冬天早晨的叹息

乳白色的微薄气息

稍纵即逝

2010-11-26

灰烬

我决定写下那些灰烬
稻草的灰烬
玉米秸秆的灰烬
麦草的灰烬
落日的灰烬
涂满铁锈的锅底
涂满村庄的岁月
以及返乡的路
思乡是一种病
思乡是一种容器装满了
四溢的诗歌里面的灰烬
空酒瓶里的黄昏的灰烬
月光安葬那些草垛的灰烬
奔跑的灰烬让你
对新的积雪
视而不见

生了锈的阳光
在灰烬里复活
废旧锄头的生铁
劈开的木头的指纹比
比人类的手掌干净得多
劈开村庄和她的草的灰烬

2010-12-16

天空还不如土豆

树杈
树枝拐弯的地方
叶子在她伸手可及的方向
生长
树杈上停留着雨滴
鸟粪和季节的潮湿
树下是被锄头划伤的土壤
远处是被诗歌
悬挂起来的大海
无家可归的天空
天空还不如土豆
能够在土地里发芽

2010-12-22

根

大海不需要加热就沸腾
阳光的根基其实很浅
你看它苗苗正旺
却没有办法
从土地里
挖出来
它的
根

2010-01-08

协议

水纹
水的指纹
按伤每一朵浪花
夕阳是谁的指纹
天空与谁定下了
每天撕毁一次的
协议

2011-03-02

我还想写下被飞鸟接住的光芒

我还想写下被飞鸟接住的光芒
飞鸟驮着这些光芒飞翔

我还想写下被树叶接住的光芒
树叶驮着这些光芒摇曳

我还想写下接住光芒的土地
土地的手掌攥住了这些光芒般的麦芒

我还下行写下接住光芒的河流
河流驮着这些光芒和闪亮的浪花
以及闪亮的远方

2011-03-16

守候

但愿一生守候一只鸽子
守候她的白
守候她的翅膀划过的
天空细微的部分
守候她的啼叫和爱情
守候她递来的信笺
守候她停留过的枝叶
和房檐
守候她的目光涉及过的远方

2011-11-21

和蜗牛一起背起行囊

你如何得知流水的幸福
如何通过一块石头看到远方
你如何在夏天没有到来之前
就想到涂满虫鸣的秋天
想到柿子树挂满夕阳的时光
想到和蜗牛一起背起行囊

2011-03-28

油菜花的体香

手里攥着雪的皮肤潜入水底
一个池塘的春水慢慢窒息
在盛开的一片油菜花地里
诗歌蹲下身来闻一闻
油菜花的体香
各种野菜自由的呼吸
湿地的野鸭麦地里的野鸡
河边的芦苇的新芽
在春天里剥弄着自己
奔跑着自己呼唤着自己
大海的栅栏把落日的记忆
牢牢地圈在自己的领地

2011-04-06

火车道里长出的草色

茶叶在水里
舒展着春天消瘦的容颜
你如何浸泡这茶色的季节
你如何将这茶色靠近你的嘴唇
然后咽下夜色沉淀的淡淡的苦涩
火车道里长出的草色
拖着自己的下巴
被火车再次惊吓

2011-04-20

柳叶鸟

一只柳叶鸟
迈着小碎步
迅速爬上了门前的
第一个水泥的台阶
台阶挺了一下
高跟鞋的声音
惊动了整个楼房
柳叶鸟退回到广场
小嘴不停地啄食
试图吞下所有的
沙子水泥
和整个城市
春天退回到柳叶鸟那样的
黑白相间的单调
柳叶鸟起飞的时候
低矮的天空被

一层一层地抬高
柳枝的拉链锁紧
变质的河沟的水
桃花的纽扣在树下
被雨水淋湿

2011-04-21

蝴蝶寻找着她的根

蝴蝶原来是一株植物
蝴蝶寻找着她的根
蝴蝶原来是一朵花
她飞走了
翩翩起舞
后来她开始飞翔到
各地靠近地面的空气里
寻找曾经的枝头
和曾经的根

2011-06-02

飞行的黑

每一个层次的水
各不相同
底层的水和泥沙在一起
顶层的水
举起浪花
太阳始终把持着
自己的火焰
乌鸦始终保持自己
那一点飞行的黑

2011-06-22

欣赏桃核的纹理

晨星指引一批又一批云
逃避内心的喧嚣
秋天跟云朵和好的河流
把星辰揽在怀里
野草捡拾了自己散落的种子
人类把小心收藏的卑微
挂在鸟的翅膀上
然后和暮鼓一起
欣赏桃核的纹理

2011-06-22

我觉得是她的巢

风羡慕鸟
风用一生的努力
想筑起自己的巢

蝴蝶是有形的风
每一朵花都是她的巢

向日葵举起的
是头颅还是手掌
我觉得是她的巢

2011-08-19

风吹着大地上行走的人的影子

风吹着大地上行走的人的影子
像吹着挂在树枝上的秋天的叶子
在广大的北方叶子最终会被吹掉的
而人的影子却跟得紧
这样说起来人就是行走的树了

记忆中多少的朋友亲人的影子如同
落叶一样消失了
而他们的生命已经被泥土抱紧

人最终不如鸟类
它们可以带着自己的影子飞翔在空中

2011-08-22

第五辑　一场雪好像一个人

我用石头雕刻的一只小猪也跑丢了

大地是被我用来临摹书法的旧报纸
谁按住了她被北风吹动的一角
才使我居住的村庄没有被风刮走
我的毛笔写下了黑夜铺就的道路
这些我用手腕提按出来的缝补原野的线

在节日到来时更加凸显
我的毛笔躺在砚台里
黑夜以潮湿的状态使她滋润和丰满

我的另一支毛笔躺在笔架上
像一架面对战争的枪
挂满枝头的节日的红灯笼
不会被谁随手掐灭
不知何时

黑夜像一匹马一样突然跑掉
我用石头雕刻的一只小猪也跑丢了

2012-01-23

一场雪好像一个人

其实远方和远方之间往往很近
远方和远方拉着手你看不见
一个女诗人用纤细的手指
捂住一只眼睛
只是为了回避一部分的远方
还是为了看清一部分的远方呢
一场雪好像一个人
它撞在我绝症的父亲的车窗上
我知道它要带我父亲去真正的远方了

2012-02-27

谁的灵魂烟圈一样弥漫

春天
弥漫的小草拥抱了鸟儿的脚印
诗人用耳朵喊着自己的名字
演绎出一连串的叩门的声响
三月绕过我父亲的病房
我看见雨丝站起身
漫步行走的样子
谁的灵魂烟圈一样弥漫
父亲胸腔的积水浸湿了
三棵干枯的白杨树

2012-03-21

密密麻麻的伤痕

春天折一枝柳枝制成弯曲的河流
舌根的苦涩没有被鱼儿衔走
父亲的体内渐渐熄灭的篝火
被连续输入鲜血
窗外的紫荆花如期怒放
这种鲜艳的思考方式
让父亲的眼神更加迷茫
紫荆花的瘀血的紫
是我父亲的手背打吊针
留下的针眼密密麻麻的伤痕

2012-04-12

唇印

云朵残荷一样的枯萎
如同我久居病房的父亲
残荷云朵一样的根在泥土
泥土里早已准备安放我父亲的灵魂
雨水在落地时用花朵
绽放潮湿的线装的古籍的唇印
我父亲将变成我童年放风筝时
散失的黄昏

2012-05-06

脸刀

谁的脸是一把刀
寒光凛凛
格杀勿论
我躺在坟墓里的父亲
目光炯然并非迟钝
星星和我一样聆听
墓室滴水的声音
人生是一把被谁追杀的
钟摆
夏天的黄昏布满了
时光的皱纹

2012-07-02

在天上种下粮食的人呵斥着他的毛驴

在天上种下粮食的人呵斥着他的毛驴
毛驴拉着满车的稻谷回家时候要翻越一条大堰
高过天空的大堰蜿蜒到肥胖的云
粮食在天空发芽成长果实随风飘荡
星星被刮落无数无数的星星点灯
死去的人像沿河的秋天的花白的芦苇的花
飘上天空的是我父亲的灵魂
我父亲在天空收获着他的稻谷
赶着他的毛驴车子正在翻越泥土飞扬的河堰
中秋节前他一定可以把稻谷运到天空的广场
在天空用木掀扬起粮食分解秕谷的我父亲的身影
依旧一夜没有合眼
毛驴在天空吃草草在毛驴的嘴里消失
染绿我父亲在天空的新土的坟头

2012-08-11

给父亲烧百天纸

父亲已经去世一百天了
我睡在稻壳里的父亲
一百天你做了什么
我跪在你坟前的落叶上
点燃妹妹亲自折叠的纸钱
纸钱燃烧的火
烤熟了整个秋天
妹妹的泪水使得天空淤泥一般
使马匹停止了奔跑
我父亲赶着他的毛驴
拉着稻谷翻过故黄河的大堰
一百天您拉了多少车
我在您的坟前放了香蕉
苹果和月饼
都是您喜欢吃而没有舍得买的
我在月饼里放一个月亮

让它照你走路稳当
秋天花粉一样纷纷飘落
一百天
应该是一百棵树
对于这一百棵树
纸钱又能说什么
纸钱燃烧的火又能说什么

2012-09-04

雪人

真正的雪人
只是雪
雪人只和太阳作了简短的对话
雪人已经消失
说白了
也就是一抹泪水
有时候
人从雪天走过
变成了雪人
雪被从帽子围巾和衣服上掸下来
在有炊烟的地方
人便露出了眉目
消失的是雪
也是一抹泪水

大雪覆盖草垛的时候

消失的是村庄
雪消失的时候
露出的是徘徊的河流
和青青的麦苗
房檐滴落的也是
一抹泪水
今年苏北的雪还没有来到
雪花自然也没有开
记得前年我带我父亲去徐州看病
打在车窗上的雪花
至今还停留在我的诗歌里
停留在老家的梨花里
我知道我父亲会趁着雪花归来
我想我会再次看到雪人
在麦草的照耀下泪流满面

2013-12-17

死去的人和他的名字

人
被烟囱吹去了
名字也被火烧了几回
但人的名字仍然
漂泊不定
比如我父亲
他的同学也许会在酒桌上
提起
清明
我在我父亲的坟上
添了一些土
添了一些带草和野花的土层
让这些草和野花在雨后复活
这些复活的花草
就是我父亲的名字
我几十年都没有敢当面开口喊过

只是在填表时候
规规矩矩地写上
什么时候
我填过的表格里也
添了土长了草
那表格里的名字
也小鸟一样飞出来
我老家的村庄
庄前的河流便会漂泊起
我父亲的名字
以及我的名字
以及……

2014-04-10

倒挂的蝙蝠其实是您干瘦的身躯

再不写诗
今年的春天又过去了
山里面石头的小动作
水里的鱼的轻微的叹息
在人类的感知之外
我待在粗糙的隐疾里
看一个不曾相识的人写给海子的诗歌
看着看着
我忘记了给父亲烧纸钱
清明滑落而且浑浊的节日
使我的眼角似乎长刺一般需要揉搓
妹妹给父亲烧纸的火苗
蝴蝶一般飞满山里和水边的小动作
父亲
你居住的我村庄东面的洞穴里
倒悬的蝙蝠如同你晾晒饥饿的粮食

我不知道我会被哪些背对着我的人
以及那些背对着我的流言蜚语
领向何方
我知道春天的方向在您那里
倒挂的蝙蝠其实是您干瘦的身躯
这个春天我没有在您的坟前点着火苗
也没有在您的坟前添上新土
我梦里看到您在坟头上以紫色的野花的方式
展现的饥饿的脸庞
和没有移动半步的张望

2016-04-08

父亲节随感

你手持着自己的天空行走
毛驴也拿着自己的天空
跟在你的后面
饥饿的庄稼跑到你的前面
我从我饥饿的诗句里
拿出光亮来

试图用今天的节日
照亮你眼睛里永久的黑暗
然后把黎明还给黎明
父亲啊父亲

在您去世的一千多天里
空洞的村庄
干枯的老井
疲惫的树林

暗自记忆了时间的遗体
和季节枯瘦的身影告别的情形

2016-06-19

第六辑　一只鸟的生活半径

疲惫的地球只争朝夕

大地上的树林庄稼
是谁整理的队伍
呼喊着初冬的口号
却原地不动
天空是一张冰凉的薄纸
一张张星星的拓片
如同用玻璃尘封的
西夏的文字
被炊烟涂改的秋天的颜色
挂满落叶的翅膀
蚂蚁的巢穴储藏了多少
过冬的食物
土拨鼠隆起的土地
松软而富有节奏
疲惫的地球只争朝夕

2011-11-14

打包的人类化石

老师有时候骂学生
懒虫
其实河岸是最懒的懒虫
一睡千年
两条懒虫隔水而卧
很好玩
如果一个懒虫睡醒了怎么办
如果同时睡醒怎么办
河流只是一块幕布
幕前是诗人手里的瓦当
幕后是打包的人类化石
和山峦的波浪

2011-11-21

这道弧线充满弹性

我看见打坐的风
正襟危坐的样子
这个冬天我只有一次
看到几片雪花玻璃般地
一掠而过
但没有听到她的声音
这个春天随风在天空行走
我只想待在果实里
然后到了秋天
成熟而且坠落
从枝头画出一道弧线
直接落到土地上
这道弧线充满弹性

2012-03-26

一只鸟的生活半径

一秒钟的时间
在手指之间
像被拧碎的实物的粉末
飘落
黄昏到来之前
暗下来的光
粉末一样
留在指丫间
一只鸟的生活半径
是怎么样的一个圆

2012-07-12

一只杯子又能说什么

平安夜送杯子

说是谐音相爱一辈子

杯子又能说什么

桃花是一只杯子

梨花是一只杯子

玉兰花是一只杯子

微风吹过

每一个杯子都生出一个孩子

每一个孩子

足够守护一辈子的了

我和你仰望星空

天空则觥筹交错

每一颗星星不过是你杯子里的

一滴水

温润的杯子的背

呻吟的是我的手指

雪花的杯子扣过来
遮盖每一寸圣洁的爱情
谁说朝阳是一只说谎的鸟
她扑面而来
真实得让你不敢直面
这只不断升高的杯子
让我和你
满脸光芒

2012-12-24

小白鹭如何提着裙子

小白鹭如何提着裙子
小心地涉过晚秋一样淡紫
而且干净如少女的睡眠
一样的河静静的水
小白鹭的翅膀雪花一样洁白
诗人只沿着一条河流的落叶
的叶脉前行
诗人把目光放在群舞的文字上
一条通往冬天的河流
是怎样的一个长句子
你如何期待在小白鹭的嘀咕里期待
冬天和雪花的暖

2012-10-25

黄昏是我的嘴唇

——给HH

雨和雷电堆积在头顶的天空
雨水在雷电中瓢泼下来
火车长叫一声
已经到了远处的阳光下
火车的尾部已经淋湿
像一根长鞭抽打一下水面
鞭根部分仍然干旱着
你就在这列车上
在八月十号的诗歌里
被谁一鞭子赶了出来
一条河用他的上游等你
用上游的干净的水草和云朵
像拨开一个刚蒸熟的粽子
我多少次以上流河流的方式
拨开你
或者拿着核桃

在耳边生硬地听着你的幽香

黄昏是我的嘴唇

小心融化你

十八岁河流的源头

微风以我的名义

无数次地吹过你

上游的水面

而我坐在夏天流汗的知了声中

耐心地等待一枚甲虫

爬过铁轨一样

等待视屏里惺忪的长发

拂过我的窗前的面颊

2013-08-03

黄昏时的鸟鸣

我把去年的公园拿过来
放在今晚的黄昏
再把今晚的黄昏
放到零下六度的
竹林里
思考一个季节对
另一个季节的谩骂
我把今天的拒绝
放回到之前五个小时的
等待
后者我把一杯白茶
放回到陌生的城市
和那里的旅馆
我把你的泪水捡起来
放回到我们不相识的时候
再把一朵花对另一朵花的吻

采摘回来
鸟鸣和黄昏是同样的宽容
黄昏时的鸟鸣
深入了我的诗歌
和我们身体的时候
世界远远没有一枚药片
让我感动

2013-03-13

给一棵芦苇之十

我必须写下一个湖和她的芦苇
写下一座山和她的寺庙
写下山的尴尬
写下水的误会
写下麦苗上早已融化的积雪
春天是一个傻孩子
撅着屁股看锈迹斑斑的铁轨
直到铁轨生出枝条和
安抚海子和诗人的大海
被我描述过的事物如何
搬走河岸和搬走你人生道路的
所有黑暗的修辞
让沉溺的帆船开出港湾

2014-03-21

一个人的远方是地平线

一个人的远方是地平线
一匹马的远方是一股硝烟
一棵树的远方是村庄的边缘
一个儿童用橡皮擦去地平线的时候
瞬间画下的苹果和自由
以及起飞的鸽群

还有一堵墙的截面
硝烟弥漫的年代
马的骨头被冬天的冰水所伤
村庄本身就是一棵树
鸟巢这讨饭碗
随风吹散

一个手持鸟巢的人骑着一匹跛马
沿着村庄徘徊是怎么样的情形

躲在流水里的期盼
随波而去

2013-08-17

被落日邀请

被落日邀请
被向日葵遗弃
一个岛屿向
另一个岛屿出发
星星其实比世界
大得多
火山在谁的身边醒来
阳光摇曳着
八月并不停留在每一个枝头

用云朵作借口
把一口井
放在手术室里
一天有多深
你舌尖的毒被
迅速拿下

我看见一个人直接
步入天空

2016-07-16

是谁调整了雨丝的方向

落日的余晖飞翔
落日则站在山头张望
飞鸟是谁的眼睛
七月搭上了鸟的翅膀
月光如何拥抱实物
死亡是最后的约会
是谁调整了雨丝的方向

2016-07-27

一匹布飞奔起来

你看到过动物眼里噙着的泪水吗
用一只全黑的猫照亮
满树的梨花
一匹布飞奔起来
裹住了停泊的山石
把那些草木的气息拿在手里
雨落在静止的河流上
开出花来
而这花没有种子却生了根
秋风还在远处
它瞄准了一场火灾
红叶李和果子狸
是什么意思
蝴蝶和落叶同时飞起来

2020-03-24

我的汗水

我的汗水，是我的汗水吗
我觉得它是我的大脑
它进行思考的时候
我浑身发热
只有一棵树才
不会被青苔滑倒
白蝴蝶一闪就没了

2022-08

第七辑　把流星走过的道路铺设好

不见声响

秋雨打在
窗户伸出的手上掌上
咕当咕当
打在行人的雨伞上
咕当咕当
打在车篷子上
咕当咕当
打在随风招展的叶子上
打在鱼的脊梁绷紧的水面上
不见声响

2009-09-17

这次我没有写到村庄

我没有写到村庄
我只写到蜘蛛
和它的网
黎明使它的生活
尴尬
露水蒸发
身子像标点无法脱身和隐藏

2009-10-01

抽火

抽烟
抽的是烟
点烟的时候
火大了
火苗蹿出来
改成了抽火
嘴里含着火苗
抽进去的

仍然是烟圈
鱼嘴里流出的水
和人类嘴里流出的烟圈
本质是一样的
那么鱼抽的不是香烟
而是一条河
或者一片海

鸡仔在蛋壳里成长
使得蛋壳愈发的脆弱

2011-02-27

还给春天

如果恋人是一枚柳笛
你用力地亲吻她
然后吹出去
她气息一样
还给了春天
你嘴边留下的苦涩
也许就是爱情

2011-06-29

把流星走过的道路铺设好

把流星走过的道路铺设好
两边种上花草
花草的外面放上人行道
把花草的香
停留在空中
把爱情修剪成秋天的模样
停留在早晨的蜘蛛网
在中午的阳光下无影无踪

2011-10-14

郁郁葱葱

星星的壳是被谁剥下去的
星星在壳里面时
世纪是什么样子
风是什么样子呢
你是谁字典里的错别字
列车轻而易举地去了远方
蟋蟀在五月轻而易举地
就关闭了手机
我被一座山认出来的时候
我身边的黄果树
郁郁葱葱

2014-05-10

攥着

种子是幸运的
最初她被花朵攥着
后来被土地攥着
星星却在诗人的指尖滑落
一座山和她上面的骆驼
同时起伏
一群鱼和一湖清澈的湖水
一起游荡

2014-10-20

我被一座桥下面的空间斜视了一眼

花朵松开自己
人类在自己的一滴泪水里泅渡
我被一条河的北岸的落叶记起
秋天有自己的温度和相爱的姿势
我被一座桥下面的空间斜视了一眼
旋转的陀螺在讲述我的晕眩
谁的鞭子把侧着身子的大地抽响
我把词语药片一样的苦吞吸到我的诗歌里

2014-10-22

是你蹲着身子

高高的枯枝叠加的鸟巢
飞向黄昏的后脑
黄昏的后脑是一片猩红的树林
喜鹊成群结队在季节里摇摆着
摇摆成成群结队的黄昏
掺着雨水怀抱着残云的泥土
在诗人的灯光下又将
孕育着怎么样的黎明
锈蚀的马匹和失去轮子的马车
石片垒砌的村落
是你蹲着身子
在路口辨别着山脉的走向

2015-01-21

没有人的时候

没有人的时候
路也会自己走的
路走着走着
天就黑了
蛇和路谁走得更快一些
蛇很多的时候
会爬行到草丛里
或者树上
路会吗
其实蛇到哪里
路就会跟到哪里的
而你正说着话
说着说着就睡着了

了结

雨滴了结自己的方式
就是将自己从空中坠落
摔碎
或者从石缝里蒸发
花朵了结自己的方式
就是把花瓣交出给风
把种子交给流淌的

土地
和一句格言讲和吧
被幽暗的洞穴注释的世界
延伸到远方的道路
被谁踩成不曾回转的孤独
真正的了结是
一棵树被肢解躺在平铺的你上面
诗歌的胡须停止了生长

星星闭上了一只眼睛
人间就合上了一本书

2015-09-21

欢欢喜喜的河岸

是什么人
点燃了起伏的水
我的影子绊倒了笔直河岸
欢欢喜喜的河岸
声音枯萎的时候
春天的柳条在
接近湖面的天空
整齐排列
湖面不停的褶皱
一个故事的心电图
却被饥饿的嘴巴
轻易地拉直

2016-03-02

初秋的门外

初秋的门外
有动静
门如同她身体里一个器官
轻轻地动了一下
声音如同剥开的橘子
她轻轻地开了门
一只黄色的猫
乖巧地进来了
一条柔软的橘黄的影子
猫不紧不忙地吃完了
电脑上闪烁着白色的光
这存放已久的她身体里的光
照亮长方形的屋子
她咀嚼煎饼
用自己的唾液
用渐暗的时间

把猫的美味放在猫的面前
猫蜷曲着自己的身体
慢慢地吃着
猫就像她身体里长出的叶子
她告诉身边的他
猫是他的女儿
他又为她剥开了
另外一个橘子

2016-08-19

突然

突然
我想到一朵花
芙蓉花
一朵花打翻了一只杯子
一只杯子开成了一朵花
玻璃柔软的部分
停止在
我身体里的秋天
拧碎了天空的蓝

2016-09-18

落日在寻找薄荷的信任

每一个事物都是生长着的
比如真理
比如云朵
比如诗人冬天里的咳嗽
如果你必须到它生长的地方
你不如回到鸟的故乡
落日的余晖在何处漂流
落日在寻找薄荷的信任
木桶会呈现你局部的身体
饮水机在没有人的时候
发出了咕噜的声音

2016-12-05

水中水如何表现自己的存在

蝴蝶停下来
花朵开始起飞
蝴蝶落在花朵上
世界静下来
顺着黄河流动的黄昏
水中水如何表现自己的存在
你把一个傍晚的寂寞
放在枝头
存放如同一个包袱
这样就有一棵树
在举着你的包袱行走
黑白的胸片
真的无法看到爱情

2017-02-15

阳光穿过玻璃时干了什么

谁敢给我保证玻璃两边的阳光是一样的
阳光穿过玻璃时干了什么
列车穿过山洞时呼风唤雨的
山洞里有风雨的驻足吗
被大雁和麻雀掠过的天空和之前
真的没有丝毫的变化
被泪水找到的眼睛看到了落日的垂头丧气的样子
门外的猫犹豫徘徊张望失望地变成两条鱼和一只菠萝

2017-03-02

被柿子照耀

多久没有被秋天的柿子
照耀过了
在秋天月光淹没了所有的人
所有的事物
在月光里游泳
鄜州的月亮
推动着河流的皮肤
闺中的眼睛
如同长安的柿子
待在树上的小儿女
和柿子互相照耀
被拉黑的南太平洋
依旧闪烁

2018-03-12

一条大鱼把你抱在怀里

一条大鱼把你抱在怀里
你问我鱼拿什么抱你
谁知道呢
一首外国诗被翻译得
如同太阳的灰烬
是什么把你腰间的皮肤咬成红色的疙瘩
你却被一条大鱼抱在怀里
披着羊皮的不一定都是狼
被鱼抱在怀里的肯定欺负过大海

2018-09-10

山楂红

红色的山楂一秒钟
变成一串蓝色的鸟
一秒钟的红和一秒钟的蓝
那棵山楂树在伯母的院子里
我们爬上去
虫子比我们去得早
虫子在山楂的里面
我们在外面
每一个人的童年都无法复制
洗衣机的轰隆声也不是人的
劳累的声音的复制
河流在我的对岸
故乡已经被铲平
飞回巢的天空
把红还给了山楂
七颗星组成的勺子

没有一滴红色的酒酿
黑夜睁开眼睛
蔓延的山楂红
无声无缝

2018-11-01

这一夜不为人知的流淌之后

阳光跟波涛谁更欢快

阳光穿插着波涛

波涛堆积

逃到蜜蜂的体内

就可以分享到花的甜吗

一个女人坐地铁拿着一根毛毛草

另一只手牵着她的女儿

看得出

是毛毛草看上了她的女儿

水龙头忘记被关了

这一夜不为人知的流淌之后

黎明有一群鸽子

啪啪作响

2018-11-25

伸手拥抱靠自己最近的空间

伸手拥抱靠自己最近的空间
空间退出了一个空格
十二月将是谁的月份
霜喊着草木
水龙头在流水过程中
冻僵了一截冰溜
看得出水龙头
已经被这个冬天查封
那一小块透明的冷
你眼睛里带着血丝的火
无法使它温暖
鸟的鸣叫里省略了人的智慧

2018-11-29

并排的电线穿过局部的天空

你知道星星上也有起伏的群山吗
也有需要加标点的文章一样没有长成的小手吗
一个简单的瞌睡一样的幸福
一个三个零并在一起的时间
一个下午和她的玉兰花
把云朵误打成熨斗结果
并排的电线穿过局部的天空

2019-03-19

火焰和灰烬

火焰和灰烬的关系
一部分的灰烬是冲到了火焰之上的
一部分的灰烬在火的运行中
一部分的灰烬要等到火熄灭之后
失去了温度的灰烬
颜色里面有点蓝
有点灰灰的
火焰在开始之前和开始之后
都会让我想到烫手的山芋
只是那燃烧的火焰
发出的啪啪声响
是灰烬的语言的卑微的表述

2019-04-08

姿势

大地是以什么姿势存在
是站着的风
扶着它的衣襟
是匍匐捡拾着歌声里赭红色的史册
其实大地是奔跑的
闪亮的
一条憋屈的河流
中午十一点零八分
在谁的体内
变成轻轻划过的翅膀

2019-04-15

代后记

每一朵梨花的背后都藏着一个村庄①
——读卷土诗集《梨花里面的村庄》

管一

每一个诗人的内心都有着强大的情感支持，或是坎坷的经历，或是刻骨的爱情，或是苍茫的乡土情怀，诗人卷土即属于后者。他的诗集《梨花里面的村庄》仿佛一棵春天里盛开的梨树，白得像雪一样就要化了，"美得把雪开满了自己的身体"，而每一朵梨花的背后都藏着一座村庄，是属于诗人自己的村庄，而且"村庄在卷土的诗歌里／探出头来"。

我与诗人卷土虽是同乡，却相见恨晚。2006年末的一场大雪中，因同乡诗人大卫的返乡省亲，我们才得以相识，而他则是真正意义上的卷土重来。在这之前，他浪迹

①诗人管一先生为我的第一部诗集写的评语，当时忘记放进诗集里了，放在这里以示珍惜，代做此诗集的后记。以此承上启下。

天涯，就像"闪电的逃避"，他在祖国精神的最前沿阵地深圳闯荡了六年之久。在这六年中，尽管他的事业如同"太阳这小鸟 / 飞翔在天空"，但他摆不脱情感上的故乡羁绊，"如同土豆滚出地面对土地的留恋"，在无奈之下，他只有返乡，只有把"自己变成一朵花的一部分 / 这也是花的意思"，也许这只是诗人的拐角，就像"街道拐角处的风和落叶一样 / 都是累了才停下来的 / 如同隐士 / 街道也是累了才拐了角"。

在家乡，多少诗人无奈地出走，卷土是回来的第一位。卷土无数次地对我说：要把诗歌写到极致。这是他的理想，我听着热血沸腾，却也心感骇然。因为我们生活的土地上有着"苍老和饥饿的村庄 / 得了脑血栓的村庄 / 跌倒在通往集市的路上 / 麻雀蹲下身子捡拾 / 丢失的麦粒"。同样，乡村的守望者无不对麻雀有着特殊的情感，也许每一位在乡村成长起来的诗人都视这种平凡的小鸟为精神上的小精灵。而卷土的三只开会的麻雀，"讨论粮食的问题 / 大家保持沉默；会议的结论是 / 转移到电话线 / 上继续开 / 原因是 / 听听 / 人类在 / 过年的时候 / 在电话里都 / 说些什么"。那么，人类在电话里究竟说些什么呢？诗人没有去回答，只是"金属的线条 / 并排穿过 / 白雪洗涤的空气"。

我曾经和卷土探讨过诗歌的整体性，并流露对此项的喜爱，而他依然对局部的神秘有着乐此不疲的兴趣，丝毫不忌讳我对其某些诗作的担心。现在看来，我的担心是多余的了，他从母语中发现了属于自己的"梨花"，并且以高铁的速度直达心灵的故乡。他的诗是感性的，其次才是复繁更迭的意象，然后是火焰般的激情。他的诗中，有着对故乡全方位的接受，包括一只蚂蚱，"寂静的夜晚 / 我突然被月亮 / 喊住 / 因为我 / 踩死 / 一只蚂蚱"。这是独特的乡村情怀，也是被我们忽略不计的一瞬间，在外面六年之久，被南国都市的暖风熏得头晕眼花，却依然没有忘记故乡的一只蚂蚱。因此，诗人的返乡是必然的，他需要乡情诗意的再一次哺乳，只有如此，"一阵风才能守住自己的方言"。

记得 2008 年在《扬子江诗刊》上读到卷土的《驴》时，我沉默了。"突然记起蒙着眼睛的驴 / 然后想到 / 用双手蒙着自己的眼睛 / 已经多年"。这是一首形式上的短制，也是卷土向来拿手的短制，这是他看到的驴，也是他内心的驴，更是我们故作视而不见的驴。可怕的是"用双手蒙着自己的眼睛"，却装作看不见。在这里，诗人对生命的本义和编制内的程序提出质疑，对热闹非凡的生活现场和逢场作戏的生活原景提出质疑，这是一种警觉，更是一种试图解开蒙在自己眼睛上黑布的有效的尝试。面对这种艰难的尝试，大多数人会表现为无语的状态，而剩下的只能由诗人来思考，抑或真正是"人类一思考，上帝便发笑"，这种思考是迫不及待的，却又是举步维艰的。

生活中的卷土是博学而又积极的，也是宽厚而又宁静的，他有着内心的蝴蝶，而且他的蝴蝶"像春天的指甲 / 知道花朵的痒"，他也有着内心强大的国家，"把我自己当作一个国家 / 我就可以把 / 一条河 / 当作腰带 / 系在腰间"。他在写诗之余，且钟情于书法，并参加过全国的巡回展，他还涉猎围棋、太极拳，特别是在太极拳方面，他至今仍带着一大帮弟子。而这一切似乎都不妨碍他的工作，似乎他的时间真像从海绵里挤出来的一样，取之不竭。他在教学工作之余，竟然仍有精力在学校成立文学社，一个人印报，一个人编稿，忙得不亦乐乎。也许只有诗人才能如此梳理庞杂的生活，才能做到"风不止，而树已静"。

作为一位二十世纪八十年代即在《诗刊》《星星》等

诗刊上发表诗作的诗人，卷土对诗歌的追求是一贯的，正如在诗集的自序中所说的那样"人类不能没有诗歌，就像天空不能没有太阳一样"，他又说"甚至我们自己有时也没有办法安静到诗歌的状态，但是我们还是坚持着"，这是诗人内心真实的解读，也是身居当下喧嚣时代尚能安心写作的唯一的理论支持。

（注：带引号的句子均为卷土的诗句。）

2010 年 9 月

　　管一，原名管强，1970 年代生。江苏睢宁人，中国作协会员。出版诗集《一粒苏北的粮食》《更衣记》《离婚室》等。2013 年获江苏青年诗人奖，多次荣获全国诗歌大赛奖项。在《人民文学》《诗刊》《诗歌月刊》《扬子江诗刊》《诗林》《星火》《星星》等文学期刊发表诗歌，有诗歌入选全国数十种选本。现为徐州市作协副主席、睢宁县作协主席。

图书在版编目（CIP）数据

月亮是一只鞋子 / 卷土著. -- 武汉：长江文艺出
版社， 2024.8
ISBN 978-7-5702-3500-1

Ⅰ. ①月… Ⅱ. ①卷… Ⅲ. ①诗集－中国－当代
Ⅳ. I227

中国国家版本馆 CIP 数据核字（2024）第 046823 号

月亮是一只鞋子
YUELIANG SHI YIZHI XIEZI

责任编辑：胡　璇　　　　　　　　责任校对：毛季慧
封面设计：大　卫　　　　　　　　责任印制：邱　莉　　王光兴

出版：长江出版传媒　长江文艺出版社
地址：武汉市雄楚大街 268 号　　邮编：430070
发行：长江文艺出版社
http://www.cjlap.com
印刷：武汉市籍缘印刷厂

开本：880 毫米×1230 毫米　　1/32　印张：8.125
版次：2024 年 8 月第 1 版　　　　2024 年 8 月第 1 次印刷
行数：4378 行

定价：48.00 元

版权所有，盗版必究（举报电话：027—87679308　　87679310）
（图书出现印装问题，本社负责调换）